Ch. BRUNETIÈRE

LE
Reliquaire

Angevin

BLUETTES INÉDITES

AVEC PRÉFACE

DE

M. André GODARD

ANGERS
SOCIÉTÉ D'IMPRIMERIE
J. GUINEBERTIÈRE & FILS & E. RICHARD

1920

LE
RELIQUAIRE ANGEVIN

CH, BRUNETIÈRE

LE
RELIQUAIRE ANGEVIN

AVEC PRÉFACE
D'ANDRÉ GODARD

SOCIÉTÉ D'IMPRIMERIE

J. GUINEBERTIÈRE & FILS & E. RICHARD

— ANGERS —

LETTRE-PRÉFACE

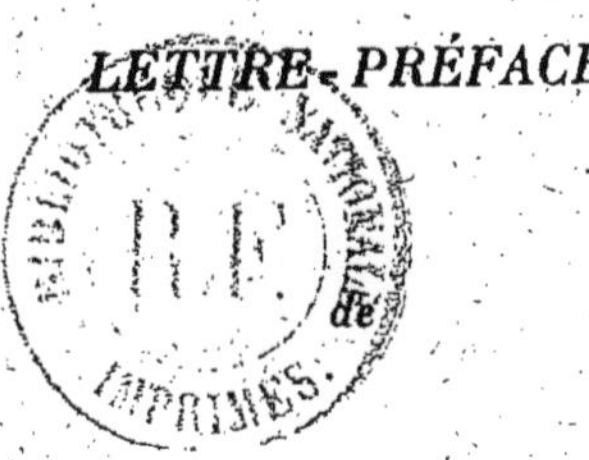

M. André GODARD

« Ecrite pour son Vieil Ami
« l'incorrigible et perpétuel rimeur
« des " Bluettes Angevines " ».

Tigné, (M-et-L), 19 Mars 1920.

Ce petit recueil, rassemblé au soir de votre existence, dément le proverbe païen : TRISTE SENILE MELOS.

Quelle tristesse pourrait émaner de pages auréolées par les certitudes chrétiennes, et imprégnées du charme de nos traditions angevines? Par celles-ci nous revivons notre jeunesse; par celles-là nous regardons sans défaillance la mort prochaine.

Pardonnez-moi de vous parler ainsi en contemporain, malgré les vingt-huit années qui me séparent de vos quatre-vingt-trois ans, mais le même espace de temps qui, dans la jeunesse, creuse un abîme entre deux hommes, s'amincit à mesure qu'ils se rapprochent de l'éternité et que la destinée terrestre ne leur apparaît plus que comme le songe d'une heure.

Les siècles eux-mêmes finissent par se confondre ; voilà pourquoi vous vous êtes assis familièrement avec les pêcheurs de Reculée, au foyer de René, notre bon Roi.

Mais qu'allez-vous penser si je confesse ma préférence pour

le sombre logis de Plessis-lez-Tours ! Cependant, la petite patrie ne doit pas plus nous faire oublier la grande, que celle-ci l'humanité.

Louis XI, que vous malmenez si fort, a réellement construit la France moderne, et son œuvre a duré malgré la pernicieuse influence des derniers Valois.

J'entrevois ici, hélas ! d'affligeantes perspectives pour notre histoire provinciale, car cette caricature de l'antiquité, que l'on appelle la Renaissance, prit sa source dans les guerres d'Italie, dont la cause originelle fut le don de Naples à la Maison d'Anjou. Tout cela aboutit au xviiie siècle, puis à ses expiations, et à notre Champ des Martyrs que vous célébrez après la cheminée du Roi René, obscure et terrible logique dans le gouvernement providentiel des Nations !

Nous fûmes trop généreux en portant un peu de moralité à l'Italie des Borgia, qui avait remplacé celle de Saint François d'Assise.

Le serpent que nous combattions nous mordit au cœur et la brillante dépravation de François Ier détrôna l'austère discipline et la dévotion calomniée de Louis XI, lequel avait adopté d'avance la maxime de Richelieu : « être sévère contre quelques-uns afin d'être bon pour tous. »

Que reçûmes-nous en échange de nos interventions italiennes ? L'idolâtrie des arts plastiques et le mépris de la Nature, l'œuvre de l'homme désormais substituée à celle de Dieu.

Pourtant nos origines nous rappelaient ; et voilà le sens

profond du sonnet de du Bellay. Rien de plus opposé à nos traditions angevines que la décevante théorie de l'art pour l'art.

Volontiers admettrais-je la légende qui relie le poète des Géorgiques à une tribu des Andes établie près de Mantoue. Le naturisme et l'utilité, voilà deux traits persistants de notre littérature. Nous les retrouvons chez le grand paysagiste et le grand chrétien que fut Victor Pavie, et ce n'est pas l'œuvre de M. René Bazin qui les démentirait.

Ces traits caractérisent aussi, mon cher compatriote, le modeste Reliquaire pour lequel vous m'avez demandé cette préface, sans doute pour attester le culte pieux que vous conservez à mon aïeul dont vous avez inscrit le nom en tête de vos stances au Champ des Martyrs.

Merci de m'avoir emporté, sur l'aile de vos strophes, aux créneaux de la Tour où vous avez surpris, dans le passé, un regard rêveur du bon Roi René. J'ai revu, de là, serpenter notre Maine, entre ses rochers sombres et s'élargir notre blonde Loire. J'ai, comme votre royal Ami, évoqué, au-delà, très loin, l'ardent soleil de Provence, l'azur léger des Alpilles, les oliviers et les lauriers-roses, dont il savourait la nostalgie, lui qui savait si bien comprendre le charme des dépaysements et des retours.

André GODARD.

LA FLEUR ARTIFICIELLE

« L'art, la Nature et Dieu, trois
  degrés essentiels de la beauté
  et de la bonté en toutes
  choses ».

« Dédiée à tous mes
« Chers Compatriotes
« sans aucune excep-
« tion ».

C. B.

La Fleur Artificielle

L'hiver fait place au doux printemps,
Tout rajeunit dans la nature,
Les sillons sont verts dans les champs,
La haie a repris sa parure
Riche d'éclat et de senteurs ;
Aux blancs panaches d'aubépine,
Aux frais boutons de l'églantine
Le chèvrefeuille unit ses fleurs ;
Les genêts, les ajoncs superbes,
Par endroits, brillent comme l'or,
Enfin, plus bas, je vois encore
Des fleurettes parmi les herbes.

Je vous connais, charmants buissons,
Souvent, dans votre voisinage,
Je poursuis la rîme volage
Dont j'ai besoin pour mes chansons ;
Je m'y rencontre avec l'abeille,

Avec l'insecte et le lézard ;
Avec le moineau babillard
Nous sympathisons à merveille.
Parfois aussi, sous vos rameaux,
Ecartés sans bruit ni secousse,
Dans leurs berceaux de fine mousse,
J'entrevois les petits oiseaux.

Au soleil couchant, les fleurs amoureuses,
Un beau soir de mai, se parlaient joyeuses,
Et moi, j'écoutais leurs gentils propos ;
Elles devisaient, ces belles causeuses,
Haut, à la façon des âmes heureuses ;
Je prêtai l'oreille et surpris ces mots :

« L'excellente chose
« Qu'une vie éclose,
« En un jour si pur !
« Le ciel est d'azur,
« Et, pas un nuage,
« Précurseur d'orage,
« Ne semble venir.
« Ah! sachons bénir
« Dieu dont la tendresse
« Ainsi, nous caresse ;
« A *Lui*, notre amour,
« A *Lui*, sans retour ! »

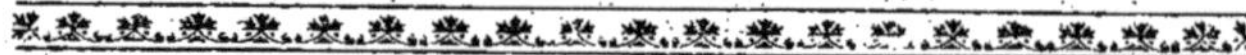

De la part des fleurs un pareil langage,
Sans doute, à bon droit, me parut fort sage,
J'étais immobile, au bord du sentier,
Lorsque tout à coup, un gai badinage
Près de moi, sortit du même bocage,
Le folâtre était un jeune églantier.
    Il disait : « Nous sommes

    « Trop bons pour les hommes,
    « Pour moi dès ce soir,
    « Bravant son pouvoir,
    « Je pique mon Maître,
    « S'il ose paraître,
    « Et lui fais sentir
    « Qu'il doit consentir
    « A croire animées
    « Les fleurs parfumées,
    « Ainsi que l'a dit
    « Certain bel esprit. »

Il eut poussé plus loin sa fougueuse harangue,
Les poltrons sont parfois braves avec la langue,
Tel était mon héros, quand, de son beau discours,
Un incident nouveau vint suspendre le cours.
Une escorte, soudain, se montrait à sa vue,
D'animaux et de gens, abondamment pourvue;
D'abord, la troupe humaine offrait l'ordre suivant :

Au port majestueux, une femme, en avant,
Marchait, un Grec aurait cru voir une Déesse,
Tant ses pas cadencés présentaient de noblesse :
Son long visage était saisissant de pâleur,
Sur lui, le temps avait, en farouche graveur,
Creusé plus d'une ride... en vain, selon l'usage,
Pour réparer des ans l'irréparable outrage
Avait-elle emprunté l'art qui sait rajeunir,
Rien pourtant n'avait pu l'empêcher de vieillir ?

Epars à ses côtés, compagnons et compagnes
Peuplaient la solitude et les vertes campagnes.
J'oubliai seulement, de dénombrer les chiens,
Mais il importe peu... ce dont je me souviens,
C'est du chapeau bizarre, à la forme indécise,
Que portait cette femme ; il complétait sa mise,
Lui-même, autrefois jeune, avait pour ornement
Une fleur en papier, mais faite artistement.
Une rose bien large et bien enluminée,
Enfin comme accessoire une feuille fanée,
Seule, restait encore... mais ciel ! Qu'ai-je dit là !
C'est par trop indiscret, taisons-nous, la voilà !
Je parle de la fleur et non de l'inconnue.
J'observais, avec soin, la nouvelle venue,
Et, dans mon examen, j'étais si fort plongé
Qu'à faire un mouvement je n'aurais pas songé,

J'étais là, n'ayant plus ni geste ni parole,
Et, de mon églantier la diatribe folle
Disparaissait, déjà, dans un vague lointain.
Au fond, je pardonnais, de bon cœur, au mutin,
Et sans plus hésiter sur sa propre existence,
Je gardais, entre nous, raisonnable distance,
Quand, traversant les airs pour frapper mon oreille,
Une voix, en fausset d'une aigreur sans pareille,
Vibra... j'en ressentis, tout à coup un frisson.
Du haut de son chapeau s'adressant au buisson
Dont elle avait cru voir percer la moquerie,
La rose interpella la gent verte et fleurie :

« A quoi bon vous gêner, disait-elle, en courroux,
« Raillez, raillez encore, vous êtes si jolies
« Qu'on peut bien, il est vrai, vous passer ces folies;
« Aujourd'hui, beauté, grâce et fraicheur sont à vous,
« Mais combien il est court le temps où sur la terre
« Ces biens peuvent durer !... quelle vie éphémère
« Et quel fragile éclat ! Je reviendrai, demain,
« Interrogeant ces lieux où vous venez de naître,
« J'irai, comme à présent, et mes regards, peut-être,
« Sans vous y rencontrer, vous chercheront en vain.
« D'autres fleurs, je le sais, auront pris votre place;
« Si toutes, comme vous, sans laisser plus de trace,
« Après un court matin, le soir vont s'effeuiller,

« Dites moi, franchement, à quoi sert de briller ?
« Pour la perdre, aussitôt, vous recevez la vie.
« Nous autres, donc, bien loin de vous porter envie,
« Nous devons, en tous cas, préférer notre sort
« Puisqu'avant le signal de notre heure dernière,
« Nous fournissons, du moins, une vaste carrière
  « A l'abri des coups de la mort. »

La rose alors se tut... sourdes à l'éloquence,
Les fleurettes, au lieu de garder le silence,
Elevèrent la voix en un immense chœur,
Nul choc ne vint alors révéler ma présence
Et j'entendis ces mots, frédonnés en cadence
Dans un accord parfait mais sur un ton moqueur :

  « Votre éclat, ma bonne,
  « Ne trompe personne,
  « Et, l'œil clairvoyant
  « Dit, en vous voyant :
  « C'est de l'artifice,
  « Sans nul bénéfice,
  « Vos jours si nombreux
  « Mais fort ennuyeux,
  « N'ont pour nous, fleurettes,
  « Simples et pauvrettes,
  « Pas plus que vos traits
  « De charme et d'attraits,

« Gardez donc, ma mie,

« De toute momie

« Et le joli tein

« Et l'heureux destin ;

« Ayez l'avantage

« D'être d'un autre âge ;

« En vous, aujourd'hui,

« Rien ne nous séduit,

« Ne nous fait envie.

« Mieux vaut notre vie,

« Belles, nous naissons,

« Reines, nous vivons,

« Et les brises folles,

« Berçant nos corolles,

« Nous parlent d'amour

« Au moins, tout un jour.

« Dans un doux mystère,

« Nous quittons la terre,

« Embaumant les airs

« De parfuns divers,

« Et, laissant au monde

« La graine féconde

« Qui doit, à son tour

« Etre fleur un jour. »

1920.

LA

CHEMINÉE DU BON ROI RENÉ

« LÉGENDE »

« *Bluette dédiée*
« *à sa Grandeur*
« *Mgr RUMEAU*
« *Evêque d'Angers* ».

LA CHEMINÉE DU BON ROI RENÉ

Notre Duc se fait vieux, son pas s'est alourdi,
On dirait que son sang, par le froid engourdi,
Se fige dans ses veines.
Le fourbe Louis onze, en ses desseins pervers,
N'a pas craint d'ajouter au lourd poids de ses peines
Plus d'un cruel revers.

Avril, enfin, paraît avec ses beaux soleils.
Désireux de ravir à leurs rayons vermeils
Chaleur, vie et lumière,
René, pour un instant, se dérobe à sa cour,
Et vient occuper, seul, sa logette de pierre,
Tout en haut de la Tour.

Il a, devant les yeux, des pays enchantés
Par mille souvenirs qui font à ses côtés
Revivre sa jeunesse;
Puis, de Provence arrive un air plein de douceur
Dont le souffle léger dissipe sa tristesse
Et met son âme en fleur.

Prince, il plaçait sa joie à se sentir aimé,
Aussi, fut-il partout et toujours acclamé
            Pour sa bonté très grande,
Aucun de ses sujets ne tremblait devant lui,
Et, le plus humble même, en sa juste demande,
            Obtenait son appui.

Dans ses loisirs, sa main tint la plume et peignit,
Si le renom d'artiste auquel il atteignit
            N'eut qu'un éclat modeste,
Dans les lettres, du moins, ouvrier diligent,
Il a, par son labeur, fait œuvre qui nous reste
            Et nous dit son talent.

Un jour qu'il descendait de son cher pavillon,
Tintait à Saint-Maurice un joyeux carillon
            Préludant à sa fête ;
Le mien, beaucoup plus faible et moins mélodieux,
Sonnera sans briser le tympan ni la tête
            A nos futurs neveux.

Si j'eusse été poète et son contemporain,
En beau langage, avec un respect souverain
            Lui tournant mon antienne,
Sur le mode majeur, en « Fa », j'aurais chanté
La maîtresse vertu de cette âme chrétienne,
            Sa débonnaireté.

A sa mort, notre Anjou, tout entier, fut en deuil,
Grands et petits pleuraient autour de son cercueil
        Dans notre Cathédrale.
J'aurais voulu, comme eux, prier, à deux genoux,
Pour celui que la France et sa ville natale
        Aimaient d'amour jaloux.

Ce chant qu'en son honneur, si longtemps j'ai rêvé,
Va-t-il donc, aujourd'hui, rester inachevé ?
        Ma frayeur est mortelle,
Je tremble ainsi que ces Trouvères d'autrefois
Qui, n'apercevant plus l'idéale étincelle,
        Soudain, manquaient de voix.

Mars 1920.

LE

CHAMP DES MARTYRS

"AVRILLÉ 1793"

STANCES

> « A la mémoire de feu
> « GODARD - FAULTIER
> « savant archéologue
> « du XIXeme siècle, auteur
> « du livre intitule : Le
> « Champ des Martyrs »
>   C. B.

Le Champ des Martyrs

Seuls restés d'une chair qu'un cyclône a brisée,
Cendre de nos martyrs, oui, je vous ai baisée
    Avec des larmes dans les yeux,
Et, soudain, j'ai cru voir sortir de la poussière
Pour entrer dans la paix, au sein de la lumière,
    Leurs corps vivants et glorieux,

Le Jacobin disait : « Plus d'autels, plus de Foi,
  « Du moment que je forge et publie une loi,
    « J'entends que chacun obéïsse ! »
Le croyant répondait : « Du Christ, vaillant soldat,
  « Catholique toujours et jamais apostat !
    Plutôt la mort dans le supplice ! »

Prêtres, nobles, bourgeois, artisans, laboureurs,
Quiconque refusait l'accolade aux jureurs
          Ou violait la décade,
Se voyait expulsé de sa propre maison,
Taxé de fanatisme et conduit en prison,
          Fut-il impotent et malade.

Tout ce monde, entassé dans un grand désarroi,
Gisait là, pêle-mêle et, le cœur plein d'émoi,
          Criait, sans fin, sa plainte vaine;
Chaque jour, un convoi de nombreux prisonniers
Partait pour Avrillé, conduit par des geôliers,
          Meute de loups à face humaine.

Vite, ils seraient tombés tant ils se sentaient las,
Mais, en eux le Seigneur qu'ils imploraient tout bas,
          Mettait sa grâce triomphante
Qui les animait tous d'un élan généreux,
Céleste reconfort et baume précieux.
          Pour la nature défaillante

Tandis qu'au Ralliement, l'horrible guillotine,
Sans arrêt, fonctionne, en son œuvre assassine,
          Ici, l'on meurt, mais fusillé,
Et lorsque, jusqu'au bout, la torture est soufferte,
Fossé large et profond, la tombe grande ouverte
          Reçoit le mort tout habillé,

Avrillé, terre sainte où leurs maux ont pris fin,
Jadis, en te quittant pour les jours sans déclin
    Des éternités bienheureuses,
Nos martyrs ont conquis la palme du vainqueur,
La couronne de gloire et le droit au bonheur
    Des récompenses copieuses (1).

----

(1) **Copieuses,** dans le sens de surabondantes, expression
empruntée au latin du Psaume CXXIX v. 7 (De Profundis) :
    « **Et copiosa apud eum redemptio.** »

MON ÉVÊQUE

ET

SON BLASON

> « *Sponte radios*
> « *Ægre spicula* »

*Bluette offerte à feu
Mgr Freppel, en 1890, un
an avant sa mort.*
                    C. B.

Mon Évêque et son Blason

« Sponte radios
« Ægre umbracula ».
C. B.

Non, Monseigneur, ce n'est pas une abeille
Que, pour blason, vous auriez dû choisir,
Laissez l'insecte, aux fleurs de la corbeille,
Être d'un jour, borner tout son désir.
Si l'aiguillon, son arme défensive,
Tient en respect un trop lâche agresseur,
Notre âme, à nous, peut-elle être craintive
Quand notre Foi vous a pour défenseur ?

L'astre qui luit, au-dessus de ce monde,
A mon avis, vous dépeint beaucoup mieux,
Lorsqu'il paraît, chassant la nuit profonde
Dans la clarté d'un matin radieux.
Oui, le soleil est le parfait symbole
Des dons que seul, Dieu vous a ménagés,
Par votre plume et par votre parole,
Vous faisant vaincre erreurs et préjugés.

Après la chaire, abordant la tribune,
Au Parlement, excellent député
Vous saisissez toujours l'heure opportune
Dès qu'il s'agit de venger l'équité.
Honneur et gloire au noble fils d'Alsace
Dont le cœur bat d'amour pour son pays
Et qui, jadis, sut regarder en face
Les Allemands, féroces ennemis.

Après la vie et son pèlerinage,
Par vos écrits vous brillerez encor,
Et notre Anjou, fier d'un tel héritage
Saura garder cet opulent trésor.
Dieu vous accorde une verte vieillesse,
Santé, repos et tous les autres biens
Qu'un Angevin, du fond de sa tendresse
Voudrait pouvoir vous offrir, j'en conviens.

Mais gardez-vous d'éveiller la critique
Ma pauvre muse aurait trop peur, vraiment ;
Si, sans user d'un grain de sel attique,
J'osais tourner un banal compliment.
J'aurais beau faire, ô Prince de l'Eglise,
J'en dirais moins que la Postérité,
Car, sur le roc, votre gloire est assise,
Vous avez droit à l'immortalité.

LA
LUNE de FOURAS

"Variation Charentaise"

« *A ma Sœur, au*
« *temps où nous*
« *étions jeunes.* »
C. B.

La Lune de Fouras

Les bons habitants de Fouras
Sont gens dévôts envers la lune,
D'un saint patron à Pampelune
Un hidalgo fait moins de cas.
Aussi, le soir, quand vient la brune,
Par-ci, par là, sans altercas,
Le long du bois et de la dune,
A la file on en voit des tas
Qui vont criant : Vive la lune !

Maudits soient des gens de Fouras
Ceux qui font des trous dans la lune !
A Paris, la chose est commune,
Quand la Bourse descend trop bas ;
Au lieu de tenter la fortune
En prenant pareil embarras,
Le Fourasin de sa pécune
Soudain voit s'accroître l'amas
Rien qu'en criant : Vive la lune !

Il est, comme ailleurs, à Fouras,
Plus d'une phase dans la lune;
Un flot de miel coule en chacune,
Mais la rousse ne s'y voit pas.
Au sein d'un bonheur sans lacune,
Ici, l'amour a son soulas,
Et lorsqu'il monte à la tribune,
Femme et mari marchent au pas,
En s'écriant : Vive la lune !

Je n'irai point, gens de Fouras,
Chercher querelle à votre lune;
Si, par hasard, j'ai l'infortune
Que mes vers ne vous plaisent pas,
Rimeur sans dépit ni rancune,
Je foule aux pieds ce vain tracas,
Et ma plainte, si c'en est une,
Se borne à fredonner tout bas :
Plan-ra-ta-plan! Voici ma lune!

LE

VRAI BONHEUR

"Imité de Cooper"

« *Bluette dédiée à*
« *Madame Barois.* »
C. B.

Le Vrai Bonheur

Le vrai bonheur, s'il est quelque part, sur la terre,
Se trouve et n'est que là, dans l'accord de deux cœurs,
Dans l'intime union qu'aucun trouble n'altère,
Loin des regards jaloux et des esprits moqueurs.

Entre deux âmes, c'est le mutuel échange
De tendres sentiments, durant les jours heureux,
Puis au sein des douleurs, une énergie étrange,
Guidant, vers les sommets, un essor généreux.

Il met tout en commun, la joie et la tristesse,
Aujourd'hui le succès et demain les revers;
Lui présent, rien ne manque à ceux dont la tendresse
Est un trésor, plus grand que ce vaste univers.

On dit qu'aux voyageurs moins pénible est la route
Qui se fait deux à deux et la main dans la main ;
Pour battre, à l'unisson, ainsi le ciel, sans doute
A du former les cœurs du premier couple humain.

Tant qu'on a près de soi ce compagnon fidèle,
Nul fardeau n'est trop lourd et loin d'être abattu
Par l'épreuve, on est fort, car on a pour modèle
L'ami qui, sous nos yeux, pratique la vertu

Ensemble l'on vieillit, et l'on sait qu'il est sage
D'être prêts à quitter ce terrestre milieu,
Si l'on veut, tous les deux, au terme du voyage,
Réunis, à jamais se reposer en Dieu.

AMOUR ET MARIAGE

Dialogue

A d'anciens mariés !
Moralité pour les nouveaux !
C. B.

Amour et Mariage

— « Par les membres nouveaux de notre confrérie,
Puisqu'ici, chers doyens, vous en êtes priés,
Dites-nous sans ambage et sans cachotterie
Si l'amour est possible entre gens mariés? »

— « Sur le sens d'un tel mot il faut d'abord s'entendre :
Si c'est d'amour caprice ou d'amour passion
Que vous parlez?... dès lors, sans plus vous faire attendre,
Nous pouvons vous fixer et vous répondre : Non! »

— « Eh quoi? dans l'union de deux âmes aimantes,
Suffit-il d'un contrat doublé du sacrement,
Pour que l'un l'autre on cède aux amants, aux amantes,
Le suprême bonheur de s'aimer tendrement? »

— « Non, certes; mais sachez qu'en entrant en ménage,
Du soir jusqu'au matin et du matin au soir,
Chacun, femme ou mari, ne sera vraiment sage
Que si, tout ce qu'il fait, il le fait par devoir ».

— « Si l'austère devoir et non la fantaisie
Gouverne des époux jusqu'aux moindres désirs,
Pour eux que deviendra ce grain de poésie
Sans lequel il n'est plus de délicats plaisirs ? »

— « Le grain de sénevé dont parle l'Evangile
N'aura jamais produit de plus puissants rameaux ;
Il sortira de terre, et sa tige fragile,
Devenant arbre enfin, formera des berceaux ».

— « Je vous entends déjà nous parler de couvée
Et de soins à donner à plus d'un oisillon.
Pour le coup, c'en est trop, j'entrevois la corvée :
Quels cris à mon oreille ! ô ciel, quel carillon ! »

— « Si c'est l'enfant qui fait éclater ce tapage,
Amour l'écoutera sans en être effrayé,
Et même, en admettant quelque léger nuage,
Le bout seul de son aile en sortira mouillé ».

— « Soit ! mais survienne enfin la tremblante vieillesse,
Amour s'éloignera du couple infortuné,
Qui, les rides au front, accablé de tristesse,
Des hommes et des dieux se voit abandonné ».

— « D'une âme toujours jeune et toujours amoureuse,
Nos époux, au déclin, s'aimeront encore mieux ;
Et s'il faut se quitter, épreuve douloureuse,
Ils sauront se donner rendez-vous dans les cieux ».

A LA FÉE TITANIA

BRODERIE SHAKSPEARIENNE

« *Souvenir offert à*
« *une Inconnue, par*
« *son très humble*
« *admirateur* ».

C. B.

A TITANIA

Petite fée au cœur si tendre
Qu'un seul soupir le pourrait fendre,
    Dis-moi d'où vient
La pâleur qui, sur ton visage,
Soudain, s'étend comme un nuage,
    Qui l'y retient ?

Serait-ce donc, ô ma charmante,
Le tourment que toute âme aimante
    Souffre ici-bas,
Lorsque la sombre destinée
Livre à la pauvre abandonnée
    Ses durs combats ;

Lorsqu'en échange de tendresses,
Il nous faut subir les tristesses
    De l'abandon,
Et que, pleins de mansuétude
Nous écrasons l'ingratitude
    Sous un pardon ?

D'ailleurs prétendre qu'en ce monde
Tout est mauvais tout est immonde,
     C'est blasphémer !
Malheur à quiconque est de glace
Et d'un triple airain se cuirasse
     De peur d'aimer !

Un charme secret t'environne,
Titania, ton front rayonne,
     Et, dans tes yeux
Brille une flamme généreuse
Qui te rend la sœur gracieuse
     Des malheureux ;

Bien loin, tu bannis les alarmes,
Sitôt que pour sécher leurs larmes
     Tu tends la main ;
Au son de ta voix argentine,
L'air morose et l'humeur chagrine
     S'en vont soudain.

La laine, sous tes doigts agiles,
Se transforme en travaux utiles
     A l'indigent,
Et tandis que ta main procure
A son corps, contre la froidure.
     Un vêtement,

Combattant partout l'ignorance,
Tu t'occupes, avec vaillance,
         De son esprit,
Mais de façon si débonnaire,
Que le plus mutin, pour te plaire,
         Vite obéit,

Aussi, voulons-nous que tu vives,
Aimable sœur des sensitives,
         Encore longtemps :
Afin de voir, triple couronne
Succéder l'été puis l'automne
         A ton printemps,

Pour te rendre force et courage,
S'il se peut, toujours davantage,
         Nous t'aimerons ;
Ce que l'amitié la plus tendre,
Sans hésiter, sait entreprendre
         Nous le ferons.

Vienne enfin la saison meilleure,
Nous irons, près de ta demeure,
         Dans les bosquets,
Choisir parmi les fleurs nouvelles,
Les plus fraîches et les plus belles
         Pour tes bouquets.

Puis, nous cueillerons l'aubépine,
Le chèvrefeuille et l'églantine
        Aux verts buissons,
Sans déranger l'hôte fidèle
Qui les emplit d'un doux bruit d'aile
        Et de chansons

Le matin, devançant l'aurore,
Si tu veux, nous mettrons encore
        Dans du cristal
Les goutelettes de rosée
Qui sont, pour ta lèvre épuisée.
        Un pur régal

Le soir, enfin, autre surprise,
Nous t'offrirons la fraise exquise
        De nos grands bois,
Où bientôt, à la découverte,
Nous te verrons courir, alerte,
        Comme autrefois.

Plus de langueur, plus de tristesse,
Petite fée, en ta jeunesse,
        Rouvre ton cœur
A l'espoir si doux qui console
Et qui, seul, prête à ma parole
        Quelque douceur.

Versons, au lieu de froids murmures,
Le baume à flots sur tes blessures
        Et ton chagrin,
Trop heureux si le ciel propice
Permet qn'enfin l'on te guérisse
        Sans médecin.

RETOUR A DIEU

BLUETTE POUR ROMANCE

> *« Dédiée à mon Ami*
> *« M. TOUREAU. »*
>   C. B.

Retour a Dieu

J'avais appris, dès ma plus tendre enfance,
A vénérer le saint Nom du Seigneur,
J'avais coulé des jours pleins d'innocence
Et la vertu faisait battre mon cœur,
Mais j'ai trouvé le méchant, sur la terre,
Et, faible encore, il égara mes pas :
Pitié, mon Dieu ! Je réviens, ô mon Père,
C'est votre enfant, ne le repoussez pas !

De ses conseils, de son funeste exemple
J'ai ressenti les terribles effets ;
Son vain mépris me chassa loin du temple
Et j'en vins même à nier vos bienfaits.
Puis, je pensai qu'une juste colère
Contre un impie armerait votre bras,
Pitié, mon Dieu, je reviens, ô mon Père,
C'est votre enfant, ne le condamnez pas !

Après la faute, enfin, votre justice
Me fit sentir l'aiguillon des remords;
J'ai tant souffert durant ce long supplice
Que j'ai, sans doute, expié quelques torts.
Votre bonté dit à mon cœur : espère.
Je veux aimer et prier ici-bas.
Vers vous, mon Dieu, je reviens, ô mon Père,
C'est votre enfant qui se jette en vos bras.

LE LIEUTMER

Souvenir du Morvan

> « *Dédié à mon Ami*
> « *Hyppolite RIVALLAND,*
> « *trop vite enlevé à mon*
> « *affection.* »
>
> C. B.

LE LIEUTMER

Sur un visage humain tout marque son empreinte,
La terreur son effroi, l'angoisse son étreinte
Comme aussi le bonheur son doux rayonnement ;
C'est un vivant miroir où, tour à tour, s'imprime
Le vice ou la vertu, l'innocence ou le crime,
L'orgueilleux égoïsme ou l'humble dévouement.
C'est encore un tableau fait de lumière et d'ombre,
Présentant à nos yeux des figures sans nombre,
Types toujours nouveaux dans leur mobilité ;
Un vaste livre enfin, dont chaque caractère,
Au regard du penseur, cache quelque mystère
Et dans lequel Dieu seul lit sans témérité.
Trop souvent quand le corps, sous le fardeau chancelle
Nous l'accusons, au lieu d'entrevoir l'étincelle
Qui fait que l'incendie, un jour, s'est allumé.
De l'homme, la moitié, la meilleure, son âme
Nous échappe et notre œil n'envisage la flamme
Que, lorsqu'en son ardeur elle a tout consumé.
D'autres fois, au contraire, au sentier de la vie,
D'un calme bienfaisant la tempête est suivie

Et le cœur, malgré lui, s'ouvre encore à l'espoir.
Ainsi, dès que le vent, chasse, au loin, les orages,
Le soleil, dégagé des plus sombres nuages,
Se couche, à l'horizon, l'été, par un beau soir.

Au centre du Morvan, dans un agreste site,
Tel est le Lieutmer qu'aujourd'hui, je visite;
Le nom de Lac serait par trop ambitieux
Pour la coupe en granit où l'eau claire se cache
Sous la feuille et les fleurs des nénuphars sans tache,
Et qui reflète à peine un petit coin des cieux.
Les savants du pays disent qu'elle est profonde
Plus qu'on ne saurait dire et que jamais la sonde
N'a pu trouver le fond de ce cratère éteint;
Celui d'où jaillissaient, naguère, feux et laves
Voit ses tranquilles eaux, depuis longtemps esclaves,
Baigner les bords riants que ma muse dépeint.
De ces deux éléments l'un à l'autre contraires,
J'admets, pour un instant, les luttes légendaires
Et, dans les premiers temps d'un monde encore nouveau,
Entre la roche ignée et le plus dur porphyre,
Prêt à calmer l'ardeur du volcan en délire,
Mon œil suit, dans sa marche, un mince filet d'eau;
Il avance et surgit, enfin, à la lumière,
Puis, bientôt, dans le gouffre, il se donne carrière,
Et de son flot montant le remplit jusqu'aux bords.

La paix qui règne alors va répandre la vie,
Et la brise qui passe, à l'oreille ravie
Fait vibrer en ces lieux d'harmonieux accords.

Le temps me semble court... quand l'oiseau du bocage,
Interrompant mon rêve avec son doux ramage,
Me prévient que la nuit va me prendre en chemin ;
Et, quittant, à regret, la modeste colline
Je gagne, de nouveau, la plaine qui s'incline
Avant qu'un si beau jour ne soit à son déclin.

INTIMITÉ

23 AOUT 1885

« A mon épouse bien
« aimée. »

C. B.

Intimité

Buvons à nos dix ans de bonheur sans nuage,
A ce temps si prospère et trop vite écoulé,
Buvons, l'âme joyeuse, à notre bon ménage,
A la tâche remplie, au plaisir envolé !
Intimes souvenirs, ce chant est votre ouvrage,
C'est vous qui, ce matin, me l'avez inspiré ;
Et vous, chers rejetons qui rendez témoignage
De l'amour qu'à l'autel nous nous sommes juré,
Unissez à ma voix votre naïf langage
Pour bénir le Seigneur, notre Maître adoré
Qui sourit à l'enfance et qui, de son hommage,
Jadis, aima, sur terre, à se voir honoré,

Au lieu de la richesse et de cette abondance
Qui, trop souvent, hélas, rend un homme orgueilleux,
Demandez-lui pour nous une modeste aisance
Dont une part, toujours, revienne aux malheureux,
Pour le corps la santé, pour l'esprit la vaillance
Afin que nous puissions, faible ou fort, jeune ou vieux,
D'un pas toujours égal, marcher avec constance

Au chemin de l'honneur, tracé par nos aïeux.
Humbles, et fiers pourtant, comme eux, aimons la France
Et chérissons l'Eglise, aussi, de notre mieux,
Jusqu'au jour où, j'en ai la douce confiance,
Nous serons, tous, enfin, réunis dans les cieux.

On dit que je vous gâte, ô mon cher petit monde,
Que je suis un papa beaucoup trop indulgent.
Sur ce point là, chacun me sermonne et me gronde !
Du père, l'idéal serait-il un régent?
En rares qualités, si votre âme est féconde,
Sur le reste, à quoi bon se montrer exigent?
Devant Dieu qui, lui seul, nous pénètre et nous sonde,
Soyez tels que vous rêve un amour diligent.
Aux gentils chevaliers de cette table ronde,
Longue vie et bonheur ! santé comme à présent ?
Il faut qu'à notre appel chacun de vous réponde
Le jour où nous boirons : à nos noces d'argent?

23 Août 1885.

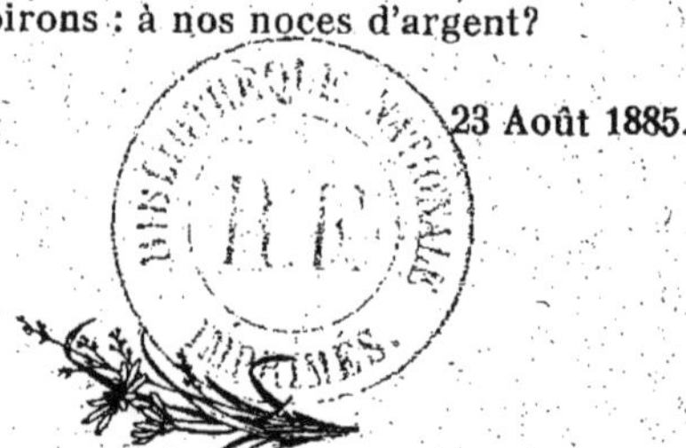

TABLE DES BLUETTES

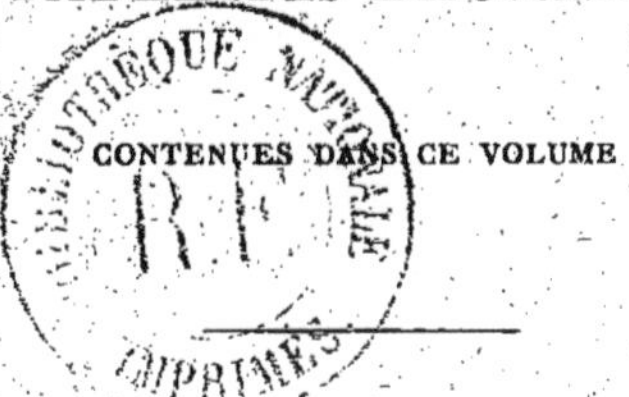

CONTENUES DANS CE VOLUME

FIN